D0546756

Rêves amers

Illustration de couverture
Bruno Pilorgot

Maryse Condé

Rêves amers

BAYARD JEUNESSE

3, rue Bayard, 75008 Paris
ISBN : 2-7470-0350-7
Dépôt légal : novembre 2001

Loi 49956 du 16 juillet 1949 sur les publications destinées à la jeunesse

Chapitre 1

Le départ de Rose-Aimée

– Rose-Aimée, viens ici ! Il faut causer.

Rose-Aimée reconnut la voix de son père. Ces mots, elle les attendait, elle les redoutait depuis longtemps, depuis que la sécheresse avait commencé de tarauder les flancs des montagnes et de les tanner comme une peau de vache. Pas une goutte d'eau ne tombait du ciel. Les dernières bêtes étaient mortes, même l'âne qui menait au marché Régina, la mère de Rose-Aimée. Un matin, on l'avait trouvé tout raide au pied du calebassier* à gauche de la case. Le maïs qui, avec le café, occupait les deux carreaux de terre de la famille jaunissait sur pied sans donner ni fleurs ni épis. Il faisait grand-faim. Alors Rose-Aimée savait ce qui l'attendait.

Rose-Aimée habitait le village de Limbé dans la région du Cap en Haïti. Autrefois la campagne était belle. Les jardins à sucre succédaient aux jardins à indigo* et aux champs de coton, séparés les uns des autres par des haies d'orangers et de citronniers. Des canaux apportaient une eau limpide captée dans les rivières bordées de massifs de bambous ou de cocotiers. À présent la terre ne donnait plus rien.

* Arbre d'Amérique tropicale, dont le fruit est la calebasse.
** Indigo : plante dont on tire une teinture bleu foncé.

Mano, le père de Rose-Aimée, était naguère un habile charpentier-menuisier ; il couchait les arbres et tirait de leurs troncs des planches, blondes comme la barbe du maïs, avec lesquelles il faisait des cases. Maintenant, il se croisait les bras, n'ayant plus de travail, et les plis du souci labouraient son front. Autour de lui, les hommes, les femmes et les enfants du village prenaient le chemin de Port-au-Prince ou du Cap-Haïtien où, croyaient-ils, la misère avait les crocs moins acérés. Certains, disait-on, montaient à bord de rafiots et s'en allaient vers la Floride toute proche, ou vers les autres îles des Caraïbes...

Rose-Aimée s'approcha du glacis de maçonnerie entourant la case, sur lequel autrefois on mettait le café à sécher avant de le porter à monsieur Lhérisson, un grand propriétaire terrien, qui le vendait aux

Américains. Ses parents étaient assis à même le sol, usés, ravagés comme le paysage autour d'eux.

Ce fut Mano qui parla d'une voix grave :

– Écoute, tu as bientôt treize ans. Tu n'es plus une enfant. Tu vois notre misère ici. Aussi, nous avons écrit à une connaissance à Port-au-Prince et elle a trouvé une bonne famille qui veut bien se charger de toi et te prendre à son service. Tu partiras demain.

Demain ? À Port-au-Prince ? Effarée, Rose-Aimée fixa son père qui, pour cacher son chagrin sans doute, se mit à la rudoyer :

– Eh bien, qu'est-ce que tu as à me regarder comme cela ? Est-ce que tu ne sais pas qu'un enfant baisse les yeux devant ses parents ?

Rose-Aimée obéit, cependant que sa mère expliquait avec douceur :

– Tu sais, la dame qui a accepté de te recevoir, madame Zéphyr, est très gentille. Et puis, que feras-tu chez elle que tu ne fais pas ici ? Laver, repasser, aller au marché...

Le cœur gros, incapable de prononcer une parole, Rose-Aimée s'éloigna. C'était la coutume. Ses deux sœurs aînées avaient été confiées à des familles du Cap-Haïtien et, quand elles revenaient à Limbé, elles ne semblaient pas mécontentes. Elles étaient proprement vêtues et elles remettaient à leurs parents des gourdes* qui permettaient de manger de la viande pendant quelques jours. Rose-Aimée avait aussi un frère, Romain. Mais de celui-là, on n'avait pas de nouvelles. Deux ou trois ans auparavant, il avait signé un contrat et était parti couper la canne à sucre dans la République Dominicaine voisine. Le gouvernement avait sollicité quinze

* Gourde : monnaie nationale d'Haïti.

mille ouvriers, mais c'était une véritable foule qui s'était pressée devant les bureaux d'embauche. Comme Romain était un grand gars, robuste malgré sa maigreur, il avait été engagé avec d'autres hommes, il avait franchi la frontière. Son rêve était de revenir bien vite afin de bâtir une petite maison avec des tôles sur le toit. Seulement voilà, il n'était jamais revenu...

Rose-Aimée prit la direction du chemin du Morne Vert qui menait chez son amie Florette. De loin, elle l'entendit chanter un vieil air familier pour endormir son petit frère. Cela lui mit les larmes aux yeux. Ainsi elle allait quitter ce petit coin de terre auquel elle était si attachée ! Elle ne verrait plus ces femmes, compagnes de sa mère, le front ceint d'un madras, fumer leur pipe au serein*, ces hommes, le visage à moitié caché par leur chapeau en fibres de latanier

* Serein : le soir.

tressées, jouant aux dés ou aux dames pour se divcrtir après une dure journée. Parfois, un conteur se mettait debout au milieu d'un cercle rapidement formé et redisait, pour le bonheur de tous, les malheurs de Bouki et Malice*. Oui, tout cela était fini. Elle allait vivre au milieu d'étrangers, dans une ville inconnue, hostile !

Florette alla déposer son petit frère endormi sur la natte dans la case aux murs de terre blanchis à la chaux et recouverte de branchages. Quand elle fut revenue et que Rose-Aimée lui eut annoncé son départ, elle eut une exclamation :
– Eh bien, tu en as de la veine, toi !
De la veine ? Rose-Aimée n'en crut pas ses oreilles. Mais Florette hocha vigoureusement la tête.

* Bouki et Malice : personnages de contes.

– On dit qu'à Port-au-Prince, les maisons sont éclairées avec de l'électricité. Tu tournes un robinet et l'eau coule. Pas besoin de marcher des kilomètres sous le soleil avec un seau en équilibre sur la tête. Et puis, il y a le cinéma, la télévision. Chaque jour, tu vois des films qui viennent des USA...
La perspective de tant de merveilles ne dérida pas Rose-Aimée et elle resta muette à regarder le soleil se coucher derrière les crêtes montagneuses. Port-au-Prince ! Elle ne connaissait personne qui y soit allé. Les histoires les plus invraisemblables et les plus terrifiantes circulaient à propos de cette ville. On disait qu'un corps de miliciens, les Tontons Macoutes, y faisaient la loi et que le président à vie qui avait succédé à son père, lui-même président à vie, ne quittait jamais l'enceinte de son palais sans une formidable escorte. On disait que les maisons des beaux

quartiers étagées sur les mornes étaient flanquées de piscines tandis que, quelques mètres plus bas, de pauvres femmes lavaient leur linge dans de capricieuses rivières, et le faisaient sécher sur des cailloux. Inégalités, contrastes : c'était cela, Port-au-Prince. Élégantes maisons de bois à balcon de fer forgé, bidonvilles dont la puanteur écœurait. De la veine ? Ah non ! Rose-Aimée ne pensait pas en avoir...
Quelque part au loin résonnait le battement de tam-tams d'une cérémonie du vaudou, la religion amenée par les ancêtres esclaves africains. Plus d'une fois, Rose-Aimée avait accompagné ses parents dans un sanctuaire pour implorer la bienveillance des loas*. Ah, qu'ils daignent faire tomber de l'eau du ciel ! Mais, malgré les prières du prêtre, de la prêtresse et de l'assistance, malgré les

* Loas : esprits intermédiaires entre Dieu et les hommes.

efforts des tambourinaires à cheval sur leurs tam-tams, les fleurs et les fruits offerts à profusion, les loas ne s'étaient pas laissé attendrir et la terre était restée pierreuse. Dans le désarroi où elle se trouvait, comme Rose-Aimée aurait aimé se jeter à genoux dans un sanctuaire, au pied d'un autel encombré de bougies, de calebasses emplies de graines diverses, de fioles et de petits drapeaux brodés de couleurs violentes !

Peut-être un loa, le bon papa Legba ou mère Ersulie que l'on dit si belle avec ses robes colorées et ses colliers de fleurs, aurait-il daigné lui parler, lui révéler ce que serait sa vie à Port-au-Prince auprès de cette famille Zéphyr ? Après tout, peut-être ces gens seraient-ils très bons pour elle ? Peut-être qu'ils l'enverraient à l'école et qu'elle apprendrait à lire et à écrire ? À cause de la

pauvreté de ses parents, Rose-Aimée n'avait jamais été à l'école. Un jour où elle était descendue au Cap-Haïtien avec sa mère, elle avait vu des enfants de son âge, vêtus d'uniformes blanc et bleu, assis autour d'un maître et répétant après lui des syllabes magiques. Comme cela serait bon de prendre place parmi eux et de tourner les pages d'un livre en déchiffrant les signes mystérieux qui les couvraient !
Brusquement, Rose-Aimée se sentit consolée. Oui, peut-être que vivre en ville signifierait cela : s'instruire !

C'est au Cap-Haïtien que Mano emmena sa fille prendre le tap-tap, petit autobus barbouillé de bleu, de rouge et de vert qui s'appelait « Espère en Dieu ».
La foule s'entassait déjà. Les visages étaient soucieux, marqués par la tristesse

comme si la maladie de la terre affectait aussi les humains. Rose-Aimée trouva place à côté d'une gamine de son âge, les cheveux finement tressés et qui serrait précieusement contre sa poitrine un panier de provisions. Malgré son chagrin, elle tenta d'engager la conversation :

– Et où vas-tu comme cela ?

– À Gonaïves.

– À Gonaïves ?

Même si elle ne l'avait jamais visitée, Rose-Aimée savait que cette ville était le symbole de l'indépendance. C'est là que l'esclave révolté devenu général, Dessalines, avait déchiré le drapeau français et jeté à la mer la partie blanche, créant ainsi le drapeau d'Haïti rouge et bleu. Elle interrogea :

– C'est donc là que ta famille habite ?

La fillette secoua la tête.

– Non, je vais rester avec une dame qui veut bien se charger de moi.
Eh bien, cela les rapprochait. Du coup, Rose-Aimée songea à partager avec elle un peu de farine de maïs et de sucre que sa mère lui avait remis en lui recommandant de ne pas les gaspiller.

Bientôt, dans un grand bruit de klaxon, l'« Espère en Dieu » s'apprêta au départ. L'apprenti aide-chauffeur, en vêtements crasseux, raidis par le cambouis, fit signe aux petits cireurs traînant leur attirail derrière eux, aux marchands de sucre d'orge, aux vendeurs de frescos* et de snow-ball* de s'écarter, tandis que les voyageurs qui s'étaient éloignés pour acheter un billet de borlette** regagnaient rapidement le véhicule.

* Frescos et snow-ball : friandises faites avec de la glace pilée et du sirop.
** Un billet de borlette : un billet de loterie.

Comme c'est étrange ! Rose-Aimée et Lisa, sa voisine, qui au début du voyage avaient le cœur bien lourd et retenaient à grand-peine leurs larmes, se trouvèrent vite engagées dans une joyeuse conversation. À cause du glapissement des volailles attachées aux montants de l'autobus, du bêlement des chèvres entassées sur le toit, des bavardages des occupants et surtout de l'effroyable grincement du moteur, les deux fillettes étaient forcées de crier pour s'entendre.
Elles se racontaient les menus événements de leurs journées, leurs distractions.
Lisa dit fièrement :
– Tu sais, une fois, mon grand frère m'a emmenée avec lui à un combat de coqs.
– À un combat de coqs !
Le cœur de Rose-Aimée s'emplit d'envie. Certes, tous les dimanches matin, les combats de coqs avaient lieu à Limbé, dans

la petite arène ronde entourée de gradins, destinée uniquement à cet usage et que l'on appelait une guagère. Mais ce spectacle était réservé aux hommes. C'est eux, et eux seuls, qui avaient le droit de se presser autour de l'arène de terre battue pour voir s'affronter les volatiles, ivres de rhum, griffant le sol des ergots d'acier fixés à leurs frêles pattes, et d'engager des paris. Les femmes et les enfants demeurés dans les cases ne pouvaient que tenter de se représenter la scène, écoutant les vociférations et les coups de sifflet des spectateurs.
Rose-Aimée insista :
– Comment as-tu fait pour qu'il accepte de t'emmener ?
Lise se mit à rire.
– Je lui ai promis de lui donner une gourde pour ses paris s'il me laissait venir avec lui.
– Et cette gourde, où l'avais-tu trouvée ?

Lisa prit un air important.
– J'avais accompagné ma mère au marché et je l'avais aidée à vendre sa soupe de maïs moulu.
Rose-Aimée eut une exclamation d'envie :
– Tu as bien de la chance ! Moi, quand j'accompagnais ma mère au marché, cela lui rapportait à peine de quoi s'acheter des provisions pour un ou deux jours.
Cette réponse les ramena au souvenir de leur misère et elles se turent, Rose-Aimée pensant à sa mère Régina. Que faisait-elle en ce moment ? Sans doute était-elle penchée sur le feu de bois allumé entre quatre grosses pierres, essuyant de temps à autre son front trempé de sueur, chassant de la voix le chien famélique qui ne se décidait pas à mourir...

À force de pleurer, Rose-Aimée finit par s'endormir.
Elle ne rouvrit les yeux qu'à Port-au-Prince !
Pendant qu'elle sommeillait, Lisa était descendue, et elle en ressentit un vif chagrin, comme si cette fillette qu'elle ne connaissait pas la veille, mais dont le sort était analogue au sien, était devenue son amie la plus chère.
Le tap-tap se fraya une voie jusqu'à la gare routière. Effervescence populaire, allées et venues de véhicules, cris, grondements de moteur. Des cars bourrés à craquer partaient dans toutes les directions. Non loin, la mer, cachée en partie sous les bateaux de cabotage aux voiles épaisses, les paquebots, les cargos, les navires de guerre en visite qui se pressaient à sa surface, souriait en mettant dans tout ce désordre une note d'humanité et d'accueil. Comment trouver son

chemin ? Timidement, Rose-Aimée tira de son corsage le chiffon de papier qui portait l'adresse de madame Zéphyr et interrogea un passant.

– Laisse voir ! Mais c'est à Pétionville que tu dois aller ! Là-haut dans la montagne.

Chapitre 2

Chez madame Zéphyr

– Regardez-moi cette petite négresse, cette petite paresseuse qui dort ! Est-ce que tu crois que je t'ai prise à mon service pour dormir ?
La gifle de madame Zéphyr envoya Rose-Aimée rouler à l'autre bout du lit. Elle se redressa, étourdie, la tête pleine d'étoiles, et essaya de bégayer :

– Je ne dormais pas, bonne-amie*. Je me reposais un peu.
– Tu te reposais, hein ! Et qu'as-tu donc fait pour être fatiguée ? Je te nourris trois fois par jour, je t'habille, je te loge. C'est cela qui te fatigue, peut-être ?
Rose-Aimée, sans plus dire un mot, fixa madame Zéphyr. C'était assurément une jolie femme quand la colère ne déformait pas les traits de son visage. Une mulâtresse à la peau couleur de miel, aux longs cheveux soyeux qu'elle peignait longuement comme la déesse de l'Artibonite, avant de les rouler en un lourd chignon sur sa nuque. Toujours vêtue de robes d'organdi à fleurs et chaussée de fines sandales dorées qui découvraient des orteils aux ongles peints. Au début, cela avait beaucoup étonné Rose-

* Bonne-amie : nom que les « restavek », les enfants confiés à une famille, doivent donner à leur bienfaitrice.

Aimée, qui n'avait jamais rien vu de semblable, puis ellc s'y était habituée, comme au délicat parfum que madame Zéphyr laissait dans son sillage et aux modulations de sa voix qui faisaient du français une matière précieuse, bien différente de celle que l'on utilisait à Limbé.

– Est-ce que tu ne sais pas que c'est le mariage d'Elvira Bergen et que les demoiselles de son cortège attendent leurs robes ?

Car madame Zéphyr était couturière. Son mari occupait un haut poste dans un ministère après avoir longtemps servi son pays à Paris, où madame Zéphyr avait suivi les cours d'un grand modéliste. De retour à Port-au-Prince, elle avait ouvert un salon et habillait les femmes les plus élégantes. Une bonne partie des journées de Rose-Aimée se passait à courir d'un quartier à l'autre pour livrer des tenues de ville ou de soirée.

À vrai dire, la fillette aimait ces allées et venues à travers la foule bariolée et amicale, et les préférait aux tristes heures qu'elle passait dans la cuisine de madame Zéphyr à aider Noéma, la cuisinière, qui, elle non plus, n'en pouvait plus de travailler.

– Bon, tu vas porter cela à Léogane...

– À Léogane ?

– Oui, à Léogane. C'est trop loin pour toi, peut-être ? Tu prendras un tap-tap à la gare routière. Madame Dorismond te remettra de l'argent, beaucoup d'argent, car tu lui portes là les toilettes de ses trois filles. Tu le mettras dans cette petite bourse que tu fixeras à ton corsage, à même ta poitrine, pour que les pickpockets ne s'en emparent pas.

Rose-Aimée prit le panier caraïbe* que lui tendait madame Zéphyr et sortit.

* Panier caraïbe : panier de vannerie très fine.

Elle marcha d'un bon pas jusqu'à la gare routière et trouva place dans un tap-tap qui, sans trop tarder, emprunta la route de Léogane. Il faisait beau. Les palmiers, les bougainvillées embellissaient les jardins. Cependant, Rose-Aimée ne songeait nullement à admirer le paysage autour d'elle, à distinguer dans cette profusion de fleurs les nélombos, les belles-de-nuit ou les jasmins. Elle pensait à sa situation. Non, elle n'était pas heureuse chez madame Zéphyr ! Mal nourrie, brutalisée, rudoyée !

Elle qui espérait pouvoir aller à l'école, elle avait été déçue ! Quant à ces cinémas dont lui avait parlé Florette, elle n'en avait jamais franchi le seuil ! Trop abrutie de fatigue, elle ne regardait même pas la télévision les rares fois où madame Zéphyr l'autorisait à se faire toute petite et à suivre ses images dans un coin du salon ! Bien vite

elle s'endormait, dodelinant de la tête, et tout le monde se moquait d'elle !
Que faire ? Demander à quelqu'un de lui écrire une lettre à l'intention de ses parents ? Qu'est-ce que cela changerait à son sort ? Mano et Régina étaient déjà si malheureux ! Pourquoi les inquiéter davantage ? Non, il fallait tenir bon. Peut-être qu'à force de douceur et d'obéissance, elle finirait par désarmer madame Zéphyr.
Le tap-tap entra dans Léogane. Mais que se passait-il ? Un cordon de police était établi aux abords de l'église Sainte-Rose, contenant une foule d'hommes aux visages creusés par la misère. Et le contraste était grand entre ces sbires en uniforme kaki, les yeux abrités d'énormes lunettes noires, pointant leurs fusils ou leurs mitraillettes, et ces pauvres hères, vêtus de haillons. Un voisin expliqua à Rose-Aimée ce spectacle peu commun. C'étaient les paysans de

toute la plaine des Gonaïves qui venaient chercher du travail, car, la veille, le gouvernement avait publié son contrat : « Le Conseil d'État du sucre sollicite du gouvernement haïtien pour la récolte sucrière 1985-1986, par lettre adressée à l'ambassade d'Haïti à Santo Domingo, l'embauche de quinze mille ouvriers agricoles pour les besoins des usines sucrières de l'État dominicain... »
Cela rappela à Rose-Aimée son frère Romain, disparu quelques années plus tôt dans l'enfer de la canne à sucre ! Elle regarda, le cœur serré, tous ces miséreux obligés de quitter leur pays natal pour connaître la dure loi de l'étranger. Le voisin poursuivit ses explications :
– Tu sais, ils ne seront pas tous embauchés. Ceux qui ne pourront pas graisser la patte aux policiers seront renvoyés. Ah, la misère n'est pas douce !

Madame Dorismond habitait une jolie maison au centre de la ville, où il ne manquait pas d'immeubles de bois ou de briques ornés de balcons et de tourelles à fines pointes. Contrairement à madame Zéphyr, c'était une femme très bonne. Elle s'exclama :

– Comme tu sembles triste ! Viens vite te rafraîchir...

Rose-Aimée la suivit dans la cuisine, où elle lui servit elle-même, outre un verre de jus de maracuja bien glacé, une assiette de gruau, plat composé de morceaux de porc frits et assaisonnés, de poulet cuit à l'eau, de bananes et de riz arrosé de sauce de soja. Elle la regarda dévorer en silence, puis fit seulement :

– Tu veux un peu de riz et pois* ?

Rose-Aimée acquiesça et madame Dorismond emplit à nouveau son assiette. Elle ne

* Riz et pois : autre plat très apprécié.

parlait pas ; néanmoins il sembla à Rose-Aimée qu'elle comprenait tout ce qui se passait dans son cœur et s'efforçait à sa manière de la réconforter. Madame Dorismond lui remit l'argent pour madame Zéphyr dans une enveloppe soigneusement pliée et, en plus, lui donna une mangue ronde comme une joue d'enfant bien nourri, délicatement orangée et striée d'ocre. Rose-Aimée la remercia avec effusion et reprit le chemin de la gare routière.

Était-ce l'effet du bon repas qu'elle venait de faire et de l'accueil qu'elle avait reçu ? Elle se sentait légère, presque heureuse, comme si son enfance lui était revenue ! Mordant dans sa mangue, elle se mit à flâner par la ville. Les femmes commençaient de quitter le marché et de reprendre le chemin de leurs villages, leurs ballots de marchandises en équilibre sur la tête.

D'abord timidement, Rose-Aimée se mêla à une troupe d'enfants qui jouaient au ballon. Ah, que c'était bon de crier, de courir dans tous les sens, de partager l'excitation de garçons et de filles de son âge ! Il semblait à Rose-Aimée que depuis qu'elle avait quitté les siens, elle n'avait pas ri, chanté, communiqué avec autrui. Soudain, quelqu'un hurla :

– Si on allait prendre un bain de mer !

Sans plus attendre, la petite bande prit le chemin de la mer.

À travers un écran de cocotiers, la mer apparut bientôt, vert tendre, parsemée çà et là de crêtes mousseuses. D'un même mouvement, les enfants se défirent de leurs habits et se précipitèrent à l'eau sous l'œil méprisant de deux garçonnets vidant gravement avec leur père, un pêcheur, des coques de lambi*. L'eau était tiède à la mesure du

* Lambi : gros coquillage apprécié pour sa chair au goût un peu iodé.

corps. À l'horizon, on apercevait une barque et ses voiles aux couleurs gaies.
Combien de temps dura la baignade ? Rose-Aimée n'aurait pas su le dire. En sortant de l'eau, on s'abattit sur le sable blanc, où des crabes peureux dessinaient des zigzags. Le soleil riait de son grand rire au milieu du ciel.
C'est en remettant ses vêtements que Rose-Aimée réalisa la catastrophe. Mon Dieu, qu'avait-elle fait de l'argent de son retour et de l'enveloppe soigneusement pliée que lui avait remise madame Dorismond ? Elle eut beau secouer sa mince robe de coton et son slip, seuls vêtements qu'elle portait, puisqu'elle allait pieds et tête nus sous le soleil, elle ne trouva rien. Ses nouveaux amis s'en mêlèrent.
– Écoute, nous allons chercher avec toi. Par où avons-nous passé ?

Cependant, il fallut bien se rendre à l'évidence : tout cet argent était bel et bien perdu !

– Qu'est-ce que tu vas faire ?
Rose-Aimée sanglota de plus belle.
– Est-ce que tu ne ferais pas mieux de rentrer chez toi et de tout expliquer à ta bonne-amie ?
Lui expliquer ? On voyait bien qu'ils ne connaissaient pas madame Zéphyr ! Jacquet, le plus âgé de la bande, dit fermement :
– Même si elle te bat, elle ne te tuera pas ! Tu vas retourner à Pétionville et tu lui diras tout.
La bande accompagna Rose-Aimée au tap-tap, expliquant au chauffeur ce qui venait de se passer. Le chauffeur, bon bougre, accepta cette petite passagère qui ne pouvait le payer et la coinça entre un ballot de paniers et une paire de porcs braillards.

Comme le retour fut triste !

Passé cinq heures, le ciel commençait à s'assombrir.

Les paysannes longeaient la route, le pas lent, accablées de fatigue. Les hommes, quant à eux, tiraient et poussaient par équipes de trois des charrettes chargées de bois ou de charbon. Enfin, on atteignit Port-au-Prince. Pendant tout le trajet, une résolution s'était fortifiée au cœur de Rose-Aimée. Elle ne retournerait pas chez madame Zéphyr les mains vides. Celle-ci n'était-elle pas capable de la faire arrêter par la police ? Après tout, elle savait repasser, cuisiner, faire le ménage, elle saurait bien trouver une autre place où elle serait mieux traitée...

Chapitre 3

Les sans-abri

Chaque ville se transforme avec la nuit et présente un visage inconnu.

La nuit, Port-au-Prince se peuplait de lumières. Des milliers de flambeaux de pin, de lampes à huile, de bougies, de chandelles, de feux de charbon de bois se côtoyaient tandis que bavardaient les marchandes et que les nourritures les plus diverses frissonnaient dans une graisse appétissante et âcre. Rose-Aimée se tint d'abord près du Marché de fer, sur lequel flottait encore l'odeur des légumes et des fruits.

Puis elle marcha jusqu'au débarcadère, où malgré l'heure tardive se tenait une véritable exposition. À l'intention des touristes américains descendus d'un bateau, des marchands proposaient pêle-mêle des objets d'artisanat, des peintures naïves aux couleurs abondantes et vives, des sculptures. Les touristes marchandaient avant de tirer de leurs portefeuilles des billets verts rectangulaires. Des dollars ! Il suffirait de trois ou quatre de ces billets souverains pour pouvoir reprendre le chemin de Pétionville et affronter madame Zéphyr. Fugitivement, Rose-Aimée fut tentée de tendre la main, de mendier comme tous ces enfants, pas plus

jeunes ou plus dépenaillés qu'elle, qui harcelaient les Américains :
– Eh, give me five cents* !

Mais voilà, Mano et Régina ne l'avaient pas habituée à cela ! Quand la nuit se fit vraiment sombre, Rose-Aimée alla chercher refuge près de la cathédrale, où, elle le savait, dormaient de nombreux sans-abri. Que de misérables étaient couchés là dans leurs haillons ! Rose-Aimée se demanda ce qu'ils devenaient en cas de pluie. Sans doute se réfugiaient-ils sous les galeries des maisons voisines. Bien vite, Rose-Aimée s'aperçut que, même là, il n'était point aisé de se procurer une place. Les dormeurs avaient leurs habitudes, réservant des places pour leurs amis encore occupés à

* Give me five cents : donne-moi cinq cents (environ un franc).

errer à travers la ville dans l'espoir de se procurer un peu de nourriture.
Rose-Aimée savait déjà que son pays était un des plus pauvres de la terre. Cependant, elle ne se doutait pas que tant d'hommes et tant de femmes n'y possédaient pas ce bien auquel tout homme devrait avoir droit : un toit au-dessus de sa tête.
Pourquoi des peuples sont-ils riches, et d'autres si pauvres qu'ils doivent aller chercher hors de leur pays natal des moyens de subsister ? Rose-Aimée eut beau tourner cette question dans sa tête, elle ne lui trouva pas de réponse.
Rose-Aimée finit par se nicher non loin de la cathédrale, à quelques mètres d'un tas de détritus. C'était sans doute à cause de l'odeur de ce dernier que personne ne s'approchait ! Elle se roula en boule, s'enveloppant tant bien que mal d'une feuille

de papier journal car, avec le serein, l'air fraîchissait.
Comme elle fermait les yeux, le cœur bien gros, pensant à sa mère, à son père, à Limbé, quelqu'un vint s'allonger contre elle. Et bientôt s'éleva la musique des sanglots. Émue par ce chagrin égal au sien, Rose-Aimée se redressa sur un coude.

– Écoute, ce n'est pas la peine de pleurer ainsi... Est-ce que demain n'est pas un autre jour ?
Les sanglots redoublèrent et Rose-Aimée, étendant une main protectrice, toucha l'épaule de sa voisine, la forçant à se tourner vers elle. C'est alors qu'elle reconnut Lisa. Lisa ! Au comble de l'émotion, elle balbutia :
– Lisa, c'est moi. Est-ce que tu ne me reconnais pas ? C'est moi, Rose-Aimée...

Les deux fillettes se jetèrent dans les bras l'une de l'autre. Puis Rose-Aimée demanda :
– Mais pourquoi as-tu quitté Gonaïves ?
Lisa releva la tête et une lueur de colère brusquement sécha les larmes de ses yeux.
– Si tu savais comme madame Pulchérie était méchante avec moi ! Elle me battait trop. Pour un oui, pour un non. À coups de poing, de pied, de bâton. Elle prenait tout ce qui lui tombait sous la main.
Les deux fillettes méditèrent en silence sur l'incompréhensible cruauté de certains adultes. Puis Lisa reprit :
– Heureusement, avant de partir, je lui ai joué un de ces tours !
– Un tour ? Lequel ?
Le visage de Lisa se ferma.
– Dis-moi d'abord pourquoi tu as quitté « ta » madame Zéphyr ?
Rose-Aimée raconta sa mésaventure et conclut :

– Si j'étais retournée chez elle, ou bien elle m'aurait tuée de coups, ou bien elle m'aurait livrée à la police !
Lisa la regarda bien en face.
– Est-ce que tu veux retourner chez elle ?
– Pourquoi me demandes-tu cela ?
Il y eut un silence. Lisa semblait embarrassée, partagée entre le désir de se confier et la crainte de s'en repentir. Puis elle se décida :
– Avant de quitter madame Pulchérie, j'ai emporté ses économies. Je savais qu'elle les cachait dans une boîte de biscuits Lu sous son lit. Je l'ai prise...
Les yeux de Rose-Aimée s'agrandirent d'horreur.
– Tu as fait cela ? Mais ce n'est pas bien !
Lisa haussa les épaules.
– Elle agissait mal avec moi. Pourquoi devais-je agir bien avec elle ?
Rose-Aimée ne trouva rien à répondre et

Lisa se recoucha, attirant à elle la feuille de papier journal.

– Aussi, tu vois, l'argent n'est pas un problème. Si tu veux, je pourrai te donner ce que tu as perdu. Tu n'as qu'à le dire : veux-tu vraiment retourner chez madame Zéphyr ?

Rose-Aimée regarda autour d'elle. La nuit était noire à présent et des myriades de moustiques bourdonnaient autour des corps abandonnés des dormeurs. Elle avait treize ans et se trouvait à des kilomètres des siens, dans une ville inconnue. Pourtant, malgré sa peur, son angoisse et sa profonde solitude, elle découvrait un sentiment dont elle ignorait la saveur âpre et puissante : la liberté. Aussi, se recouchant contre Lisa, elle murmura :

– Non, je ne retournerai jamais chez madame Zéphyr. Je reste avec toi...

– Ce n'est pas la peine de continuer à chercher ! Nous ne trouverons jamais de travail ici : il n'y en a pas. Ce n'est pas pour rien qu'il y a plus d'un million d'Haïtiens en dehors du pays...
– Un million ! Comment le sais-tu ?
Lisa prit son air important :
– On me l'a dit. Il y en a au Canada et aux USA. Il y en a jusqu'en Europe et en Afrique. Dans certaines villes comme Montréal, il y a même des écriteaux en créole*...
– Comment sais-tu tout cela ?
– On me l'a dit.
Rose-Aimée resta médusée. Quel changement était intervenu dans la petite Lisa, la fillette qui serrait contre sa poitrine le panier contenant les provisions de son déjeuner ! Par contraste, Rose-Aimée se sentait bien enfantine, toujours prête à pleurer en pensant

* Créole : langue ou dialecte parlé par les habitants des Antilles.

à sa mère, toujours à se demander quand elle la reverrait ! Lisa reprit d'un ton décidé :
– Tu sais, j'ai un plan... Le frère de ma mère habite en Floride, à Miami, où il a trouvé du travail, lui. Nous pourrions aller le rejoindre.
– Est-ce que tu es devenue folle ?
– Bon, n'en parlons plus.

Le silence tomba, puis Rose-Aimée reprit timidement :
– Explique-moi ce que tu as dans la tête...
Lisa ne se fit pas prier :
– Est-ce que ce ne serait pas magnifique de trouver du travail, d'économiser et d'envoyer de l'argent à nos parents afin qu'ils puissent nous rejoindre ? Est-ce que cela ne te fend pas le cœur de penser qu'ils continuent à se courber sur cette terre de malheur ?

– Bien sûr. Mais qui te dit que nous trouverons du travail aux USA ? À notre âge...
Lisa l'interrompit. Aux USA, pas question d'âge. On peut travailler dès que l'on peut se tenir debout. On peut cirer les chaussures, manœuvrer les ascenseurs, laver les voitures, porter les paquets à la sortie des supermarchés et tout cela procure ces billets verts qui ouvrent la porte du bonheur. Les dollars !
Rose-Aimée émit une dernière objection : comment arriver jusqu'à Miami ?
Lisa avait décidément tout prévu. Elle baissa la voix :
– Est-ce que tu oublies que j'ai l'argent de madame Pulchérie ? Il suffit de s'adresser à un certain Salomon qui travaille près du Marché de fer.
Toute la journée, jouant des coudes à travers la foule de Port-au-Prince, Rose-Aimée pensa à cette proposition ; et plus elle y

songeait, plus elle la trouvait irréalisable, plus elle s'apercevait combien, en quelque trois mois, Port-au-Prince était devenu cher à son cœur. Adossée à sa chaîne montagneuse, aux contours bleutés dans l'air du matin, enfouie au fond du golfe de la Gonave, la cité regardait la mer. Et ce n'était pas seulement les quartiers résidentiels que Rose-Aimée chérissait, mais aussi les bidonvilles, ceinture puante où les enfants piétinaient dans la gadoue à côté des chiens faméliques et des adultes, que la misère vieillissait vite. Une ville, c'est comme un être humain. Elle possède sa personnalité, son caractère, et on s'y attache !

Chapitre 4

Un patron terrifiant

Rose-Aimée remonta Lalue, la grande artère colorée, entrant dans chaque maison, chaque boutique pour proposer ses services. Au « Kentucky Fried Chicken », chaîne américaine qui installait son service de restauration, elle prit place dans la longue file d'individus de tous âges derrière un grand escogriffe qui se vantait d'avoir servi dans un grand hôtel. Quand son tour fut venu, le patron, un mulâtre en complet-veston, tirant sur un cigare, l'examina méchamment :

– Tu es bien maigrichonne, toi ! Quel âge as-tu ?

Rose-Aimée mentit :

– Bientôt quinze ans...

– Quinze ans ? Montre-moi tes papiers d'identité...

Papiers d'identité ! Qu'est-ce que c'était que cela ?

Rose-Aimée n'avait jamais rien possédé de ce genre. Le patron s'aperçut de son trouble et éclata de rire.

– Je parie que tu n'en as pas !

Soudain, il devint féroce.

– Tu sais que je pourrais te faire arrêter par les Tontons Macoutes ? Ils n'aiment pas que vous traîniez en ville. D'où viens-tu ?

– Je viens de Limbé, Monsieur.

– Je parie que tu ne sais ni lire ni écrire...
Curieusement, Rose-Aimée s'apercevait, malgré son chagrin, que tous ces éléments négatifs jouaient en sa faveur. Elle le sentait, elle allait être engagée précisément parce qu'elle était sans défense et qu'on pouvait tout exiger d'elle. Elle ne se trompait pas, car le patron déclara :
– C'est bon. Tu peux venir demain. Tu seras dans les équipes de nettoyage. Tu sais manier le balai, au moins...?
Rose-Aimée assura que oui avant de s'enfuir. Comme elle atteignait le bas de Lalue, elle s'aperçut qu'elle n'avait même pas demandé combien elle serait payée. Qu'importe ! Elle avait un travail ! Elle ne serait pas obligée de souscrire au projet nébuleux de Lisa ! Elle ne serait pas obligée de retourner à Limbé ajouter à la misère des siens.

Un travail ! Elle avait un travail !
Merci, bon papa Legba ; merci, mère Ersulie, qui avaient vu sa détresse et, sans qu'elle ait besoin de faire une cérémonie vaudou à leur intention, étaient venus à son secours. Ah oui, dès qu'elle aurait sa première paye, elle leur offrirait un sacrifice. Un beau coq blanc, du riz, du rhum, que le prêtre disposerait dans des calebasses au pied de l'autel ! Elle arriva en courant et bondissant jusqu'au bidonville la Saline où, après bien des recherches, Lisa et elle avaient trouvé une petite chambre qu'elles payaient grâce aux économies de madame Pulchérie. Bientôt, la saison des pluies allait commencer ; elles ne pouvaient continuer à dormir en plein air auprès de la cathédrale... Un travail ! Elle avait trouvé un travail !

– Frotte, frotte ! Tu ne vois pas que c'est encore sale ? aboya monsieur Modestin.

Rose-Aimée s'essuya le front du revers de la main. Comme le restaurant ouvrait à 8 heures du matin et offrait des petits déjeuners à des hommes pressés, il fallait être à pied d'œuvre dès 4 heures. L'équipe se composait de trois gamines et d'un garçon, qui puisaient de l'eau à la pompe, frottaient le carrelage, astiquaient les énormes machines de la cuisine, jetaient les détritus de la veille avant l'arrivée de l'équipe chargée de la cuisine. Une fois les petits déjeuners servis, il fallait s'attaquer à la préparation des poulets. Ils arrivaient congelés des USA dans des emballages de plastique au travers desquels ils apparaissaient, effrayants comme d'incolores fœtus. Rose-Aimée regardait avec terreur leurs becs jaunâtres, leurs yeux clos et cernés

de rouge. Elle éprouvait la plus vive répugnance à prendre dans ses mains cette chair qui, une fois décongelée, devenait flasque et molle sous ses doigts.
Il fallait ensuite la couper en morceaux avant de la plonger dans le célèbre assaisonnement qui faisait la renommée de la chaîne. Autrefois, manger du poulet était pour Rose-Aimée une fête, une grâce qui, hélas ! ne se produisait pas souvent. Car bien rares étaient les jours où Régina, sa mère, pouvait ramener du marché une bête étique à chair dure qu'il fallait laisser cuire des heures durant ! À présent, la seule vue de ces morceaux de viande anémiques, invariablement accompagnés de frites, lui soulevait le cœur. Le plus dur, cependant, n'était pas d'aider à la cuisine, c'était de nettoyer la salle du restaurant. Le patron, monsieur Modestin, n'était jamais content. Il accablait le per-

sonnel d'injures, et surtout Rose-Aimée, trop douce, trop timide, qui n'osait jamais se rebeller, comme l'avait fait une fois Jean-Joseph ! Jean-Joseph était un garçon de Jacmel, déluré et bavard.
Monsieur Modestin n'avait pas tardé à prendre Jean-Joseph en grippe et ne cessait de l'humilier.
– Sale petit nègre ! Est-ce pour rire que je t'ai engagé ? Lave-moi ce carreau.
Jean-Joseph ne disait rien. Tout le monde savait qu'il était le seul soutien de sa famille, son père étant mort et son frère aîné disparu en République Dominicaine.
Pourtant, un jour, monsieur Modestin avait été trop loin ! Les clients aimaient bien le bagout de Jean-Joseph qui, tout en débarrassant les tables, le képi à rayures rouges et blanches de l'uniforme crânement penché sur une oreille, énumérait des devinettes.

Passant un chiffon mouillé sur le formica, voilà qu'il avait malencontreusement renversé une carafe d'eau, qui s'était écrasée sur le sol. C'est alors que monsieur Modestin avait bondi de l'office.

– Crapule, vermine, ma carafe !

Jean-Joseph s'était borné à rétorquer :

– Eh bien, vous retiendrez le prix sur ma paye !

Ce calme avait mis monsieur Modestin en rage et il avait hurlé :

– C'est ainsi que tu me parles ? Fais-moi des excuses, fais-moi des excuses ou bien je te fous dehors, chien !

Alors Jean-Joseph s'était dressé. Comme il était beau, les yeux pleins d'éclat et la mine fière !

– Non, Monsieur ! Je ne suis pas un chien. Je suis pauvre, je n'ai rien, mais je ne suis pas un chien.

Puis il était sorti à grands pas, cependant que les clients retenaient monsieur Modestin qui faisait mine de se lancer à sa poursuite...

– Frotte, frotte ! Est-ce que tu ne comprends pas quand on te parle ?
Comme Rose-Aimée, agenouillée sur le sol, s'apprêtait à attirer vers elle le seau d'eau mousseuse, d'un coup de pied monsieur Modestin l'envoya valser à l'autre bout de la pièce. Un grand calme s'empara de Rose-Aimée. Elle qui avait peur de tout brusquement se sentit forte. D'où lui venait cette détermination, ce courage de se lever et de faire face à monsieur Modestin ?
C'était comme si un loa l'avait chevauchée, Ogoun Ferraille, Ogoun Badagri... Comme si l'esprit de ses ancêtres africains, qui avaient conquis leur liberté en battant les puissantes armées envoyées par Bonaparte,

la possédait à nouveau. À sa manière, elle revivait le combat de Makandal, de Boukman* qui hurlait :

« Bon Dieu, qui fais le soleil,
Qui soulèves la mer,
Qui fais gronder l'orage,
Écoute la liberté qui est dans nos cœurs !
Ah oui, redressons la tête pour défendre notre dignité ! »

Elle se mit debout et, regardant monsieur Modestin, fit simplement, jetant sa serpillière :

– Frottez vous-même !

Dehors, la paupière de l'œil jaune du soleil était plissée de rires comme s'il approuvait la révolte de sa petite fille. Car le soleil est notre père à tous. C'est le père du monde. C'est lui qui fait germer les plantes, bour-

[1] Makandal et Boukman : célèbres esclaves révoltés qui s'illustrèrent l'un autour de 1758, l'autre de 1791.

geonner les arbres, qui suspend aux buissons les corolles de l'hibiscus* ou les flèches sanglantes du balisier. C'est sous son baiser que la mer se peuple de poissons et c'est pour se rapprocher de lui que les oiseaux traversent le ciel.

D'un pas résolu, Rose-Aimée retourna vers la Saline. Non, elle ne reviendrait plus jamais courber son dos et user sa jeunesse sur les carreaux du « Kentucky Fried Chicken ». Et personne ne devait accepter de travailler dans ces conditions. Pour quelques gourdes par semaine, perdre, avec son honneur, le respect de soi-même ?

Autour d'une fontaine publique, une longue queue de fillettes et de femmes s'allongeait. Elles avaient posé par terre leurs seaux et leurs bassines, et bavardaient en attendant

* Hibiscus : fleurs tropicales.

leur tour. Une vieille en haillons fouillait un tas de détritus sous l'œil goguenard de deux chiens qui s'étaient déjà emparés de tout ce qui avait quelque saveur.
Pourtant, le spectacle de toute cette misère ne découragea pas Rose-Aimée. Au contraire. Elle sentait naître en elle une volonté toute neuve. La vie, c'est comme une bête qu'il faut dompter. Il faut bander ses muscles comme un pêcheur mettant à l'eau une pirogue rétive. À tout moment, la lame risque de la submerger, de l'emporter. Néanmoins, il tient bon.
Lisa avait raison. Il fallait partir pour Miami où, à n'en pas douter, la vie aurait un autre goût.

Chapitre 5

Un bateau dans la nuit

Monsieur Salomon, qui était un homme encore jeune, mais aux cheveux prématurément blanchis, fixa Lisa et Rose-Aimée, et secoua résolument la tête.

– Rien à faire.

Lisa interrogea âprement :

– Pourquoi ? Vous croyez peut-être que nous n'avons pas d'argent pour vous payer ?

Il secoua à nouveau la tête.

– Ce n'est pas cela. Vous n'avez pas l'âge. L'âge ? Les deux fillettes échangèrent un regard consterné, puis Lisa reprit :
– Mais puisque je vous dis que mon frère Estimé est à Miami et viendra nous accueillir. J'ai son adresse. Ici, ici...
Monsieur Salomon se mit à hurler.
– Est-ce que tu sais ce que je risque, hein, si on s'aperçoit que je transporte des enfants ? De cela, vous vous foutez tous ? Tout ce que vous voulez, c'est partir, partir !
Sans transition, il se calma.
– Bon, il y a une solution. Je connais une famille qui veut prendre le bateau, des amis à moi, les Saint-Aubin, le père, la mère et deux garçons de votre âge. Je leur demanderai de se charger de vous. Une condition, vous leur verserez 100 gourdes !
– 100 gourdes !
Il rit cyniquement.

– En dollars américains, cela ne fait pas grand-chose !
Sans protester davantage, Lisa fouilla dans son corsage et en tira le mouchoir dans lequel était caché l'argent volé à madame Pulchérie. Sous le regard de monsieur Salomon, elle compta les billets fripés et crasseux qui symbolisaient l'espoir.

De Port-de-Paix, on a vue sur l'île de la Tortue. Rose-Aimée, les yeux perdus sur la ligne d'horizon, songeait à ses parents. Être si près d'eux et ne point pouvoir aller se serrer contre eux !...
Ils avaient voyagé de nuit pour éviter les contrôles de police et depuis, ils demeu-raient cachés dans une des innombrables criques de la côte. Monsieur Salomon avait dit qu'un homme viendrait, une fois la nuit tombée, et qu'en attendant, il ne fallait pas

se faire remarquer. Le groupe se composait d'une vingtaine de personnes, des hommes pour la plupart, mais aussi des femmes allant rejoindre un mari, un fiancé, déjà aux USA, et des familles, dont l'une avec un bébé de quelques mois, un petit être gai et rieur qui ne se doutait pas de la gravité de l'heure. Il gazouillait, tétait le sein flasque de sa mère, portait à sa bouche tout ce qui lui tombait sous la main. Il y avait aussi une femme enceinte qui n'avait pas prononcé un mot de tout le voyage.

Le cœur de Rose-Aimée battait à se rompre. Que diraient Mano et Régina s'ils la savaient embarquée dans cette aventure ?... Sans doute, ils la blâmeraient. Pourtant, devait-elle se résigner à la misère ?

Lisa disait qu'à Miami, comme dans le reste des USA, les maisons s'étageaient les unes sur les autres jusqu'à toucher le ciel.

Dans chacune d'entre elles, la télévision, l'électricité, l'eau courante. Elle répétait surtout que le travail n'y manquait pas et que les Américains acceptaient qu'on aille à leur école. C'est vrai !
Rose-Aimée avait entendu un tout autre discours. Il y avait à la Saline un homme encore jeune, bien qu'il ait la mine d'un centenaire, que l'on appelait Ti-Roro. Généralement, il allait et venait, silencieux, le visage fermé, occupé à mille tâches incompréhensibles, marmonnant des mots sans suite. Parfois, il se mettait debout et hurlait, la tête levée vers le ciel :
– Si vous voulez savoir ce qu'il y a dans le ventre de la misère, c'est aux USA qu'il faut aller. Là, les Blancs tuent les Noirs comme des lapins. Ils leur tirent dessus. Ils les frappent à coups de barre de fer. Ah ! oui, vous voulez aller en Amérique ! Allez-y et

revenez dire ce que vous y avez trouvé...
Chaque fois que Rose-Aimée l'entendait, un frisson la parcourait. Il lui semblait que s'élevait une voix prophétique comme celle d'un homme chevauché par un loa qui voit l'avenir avec la clarté du matin. Puis elle se reprochait de prêter l'oreille aux propos d'un fou. Car Ti-Roro n'était-il pas fou ?
Brusquement, un craquement se fit entendre, celui des branches de cocotier et de mancenillier froissées. Puis deux formes apparurent, celles de deux hommes, un Noir et un Blanc. Le Noir, qui tenait un coutelas à la main, semblait un Haïtien. Pour dissiper tous les doutes, il demanda en créole :
– Où est Salomon ?
– Il est reparti à Port-au-Prince.
Du coup, il sembla furieux.
– Reparti ? Il aurait dû nous attendre. À présent, qui a l'argent ? Qui va me payer ?

Jérémie Saint-Aubin leva la main. C'était un grand gaillard taciturnc, un paysan de l'Artibonite, qui sans effort s'était imposé comme le chef du groupe. Il avait coupé la canne trois années de suite en République Dominicaine et s'apprêtait à partir pour la Guadeloupe quand le frère de sa femme lui avait fait dire de venir le rejoindre en Floride. Il se faisait fort de lui procurer du travail dans la cimenterie qui l'employait. Madame Saint-Aubin, elle, était une petite femme boulotte qui sans arrêt roulait les grains de son chapelet. Elle était très bonne avec Rose-Aimée et Lisa, comme si vraiment elle s'en sentait responsable.

L'homme acheva de compter ses billets, parut satisfait et déclara :

– Bon, nous allons partir. Je m'appelle Jean-Claude...

Là-dessus, il éclata de rire.

– Oui ! Comme notre président*. Mais là s'arrête toute ressemblance. Le gaillard est riche à millions. Moi, la déveine, c'est mon frère. D'ailleurs, est-ce que ce n'est pas le frère de tous les nègres** ? Bon, nous allons d'abord nous arrêter à Nassau dans les Bahamas pour faire de l'essence. À partir de là, vous ne monterez plus sur le pont. Parce que si les gardes-côtes américains nous repéraient, ce serait notre fin à tous. La prison pour moi, pour vous le camp de concentration avant le retour en Haïti.
Il se mit à chanter moqueusement : « Haïti chérie, pli bel pays passé ou nan poin...*** »

Et Rose-Aimée se demanda s'il n'était pas soûl. N'était-ce pas une bouteille qu'il tenait à la main ?

* Président à vie, Jean-Claude Duvalier fut déchu de son pouvoir en 1986.
** Proverbe antillais.
*** Chanson : « Haïti chérie, il n'existe pas de plus beau pays que toi... »

Il faisait très sombre à présent et le groupe se mit en marche, Jean-Claude allant en tête, le Blanc, qui jusqu'à présent n'avait pas ouvert la bouche, derrière, les mains dans les poches de son pantalon comme s'il n'avait rien à voir avec toute cette affaire.
Ils s'entassèrent d'abord dans une grande pirogue, cependant que Jean-Claude désignait un navire à l'ancre à quelques encablures du rivage. Brusquement, le bébé se mit à pleurer, réalisant sans doute l'angoisse de la situation, et sa mère entama pour le calmer une berceuse qui acheva de remplir de larmes les yeux de Rose-Aimée.
La mer était d'huile et la pirogue filait droit devant elle, fendant l'air marin qui claquait comme une toile. On arriva très vite à hauteur du navire, qui se balançait mollement.
Sur le pont, deux hommes d'équipage en

tricot rayé semblaient attendre. Ils prononcèrent quelques mots à l'adresse de Jean-Claude et de son compagnon dans une langue que Rose-Aimée ne comprit pas. Puis ils s'affairèrent à hisser sur le pont les maigres bagages des arrivants.
Au bout d'un moment, Jean-Claude se dirigea vers la cabine de pilotage, et le vrombissement du moteur sembla emplir la nuit et l'espace. Le navire pirouetta sur lui-même et se dirigea vers la haute mer. Peu à peu, les lumières de la côte s'estompèrent. Enfin, elles disparurent complètement. Rose-Aimée eut l'impression qu'une main impitoyable s'était glissée dans sa poitrine pour lui mettre l'intérieur en sang. Elle s'approcha de madame Saint-Aubin, qui tenait toujours son chapelet à la main, et souffla :
– Combien de temps cela prendra-t-il ?

Madame Saint-Aubin eut un geste d'ignorance.
– Trois, quatre jours, je ne sais pas !
– Où vont-ils nous débarquer ?
– À un endroit appelé, je crois, New Providence...
– C'est l'Amérique, cela ?
– Bien sûr... Est-ce que ce n'est pas là que nous allons ?
Rose-Aimée se tut. Elle n'avait jamais voyagé sur la mer et malgré elle, malgré l'angoisse de l'instant, cette grande présence odorante, le dessin lumineux des étoiles au-dessus de sa tête et le concert de voix du vent et des vagues l'enchantaient. Qui a fait le monde ? On dit que c'est Dieu. Alors, pourquoi n'a-t-il pas donné à toutes les créatures les moyens d'en savourer la beauté ? Pourquoi certains ne songent-ils qu'à se nourrir, se vêtir, survivre, sans

pouvoir jamais relever la tête afin d'admirer le feuillage des arbres, l'éclat des fleurs, la splendeur des rivières ? Son pays était un des plus beaux du monde. Les touristes arrivaient des lieux les plus éloignés pour se baigner dans ses criques, se dorer sous les baisers de son soleil et goûter à sa cuisine, et elle, elle devait le quitter !

Que faisaient Mano et Régina à cette heure ? Ils ne se doutaient pas que leur petite fille était sur l'eau, dans un navire cinglant vers l'Amérique. Ah, dès qu'elle aurait trouvé un travail, ce qui, au dire de tous, ne saurait tarder, elle leur enverrait un mandat. Comme ils seraient heureux ! Ils pourraient s'acheter de la nourriture, du riz, du maïs moulu, des harengs saurs, du poulet ! Ils pourraient s'acheter des chaussures ! Rose-Aimée s'endormit sur l'image apaisante de sa mère, les ongles des orteils barbouillés de rouge comme ceux de madame Zéphyr, dans de jolies sandales dorées.

À Nassau, Bahamas, le groupe demeura si longtemps caché dans une crique, pendant que l'équipage s'en allait faire le plein d'essence, qu'il crut être abandonné. Des histoires d'immigrants haïtiens qu'on avait ainsi débarqués dans la première île venue, laissés en pâture à la police et aux services d'immigration, se mirent à circuler. Chacun en connaissait une, et Rose-Aimée se demandait pourquoi personne n'en avait raconté plus tôt. Car alors, elle ne serait jamais partie ! Puis, monsieur Saint-Aubin parla de la République Dominicaine.
– On nous a entassés dans des camions. On nous a fait descendre dans un centre clôturé de barbelés, avec des soldats et des

chiens. Nous avons passé toute la journée à attendre. Attendre quoi ? Nous ne savions pas. Le soir, on nous a fait entrer dans un grand bâtiment, sans lits, sans matelas, et nous avons dormi par terre. Pour tout repas, du sucre. Oui, du sucre en poudre ! Alors certains se sont révoltés et on leur a dit qu'ils avaient été vendus. Vendus par le gouvernement. Vendus comme des esclaves !

La peur s'était installée dans tous les cœurs, quand Jean-Claude et ses compagnons revinrent. Ils semblaient joyeux, détendus comme des gens qui se sont bien amusés et qui ont fait un bon repas. Jean-Claude ordonna :
– Plus personne sur le pont.
Monsieur Saint-Aubin osa demander :
– Pourquoi ? En bas, il fait chaud et nous

sommes trop nombreux pour nous y tenir tous.

Jean-Claude ricana.

– Tu n'as pas entendu parler des gardes-côtes américains ? Hein ? Je t'en ai déjà parlé pourtant ? S'ils nous repèrent, c'est la prison pour moi, pour toi le camp de concentration, puis le retour forcé en Haïti...

Tout le monde se précipita en bas.

La mer, cette bête indocile, avait changé d'humeur. Elle n'était plus douce et rampante, mais furieuse et agressive. Ses coups de reins faisaient valser le navire qui virevoltait, tournoyait... Bientôt madame Saint-Aubin ne se contenta plus de rouler en silence les grains de son chapelet : elle commença à prier à haute voix, aussitôt suivie par le chœur des femmes. Après un mouvement plus violent qui fit trembler la coque, tous les enfants se mirent à pleurer, Rose-Aimée et Lisa comme les autres. Au-dessus de leurs têtes, ils entendaient les allées et venues de l'équipage.

Brusquement, Jean-Claude se rua en bas et aboya :

– Tout le monde sur le pont !

Le groupe hésita. Quelques heures auparavant, n'avait-il pas ordonné de rester en bas ? Monsieur Saint-Aubin interrogea :

– Nous sommes arrivés ?

– Pas de question, montez !

Il semblait comme fou, les yeux lançant des éclairs. Deux autres membres de l'équipage dévalèrent l'échelle de coupée.

– Vite, vite, ils se rapprochent !

Les passagers se décidèrent à obéir.

Le jour était bleuâtre, le ciel pareil à une écharpe de soie mollement pliée. Très loin, on apercevait les lumières d'une terre. Était-ce l'Amérique ?

Le bateau fit une nouvelle embardée, car la mer ne se radoucissait pas.
Elle se creusait d'énormes sillons, se hérissait de véritables murailles surmontées d'écume.
Jean-Claude hurla :
– Les gardes-côtes, ils nous ont repérés. Sautez, sautez !
Monsieur Saint-Aubin se tourna vers lui et dit seulement :
– Dans l'eau ? Dans la tempête ?
– Oui, oui...
Et comme le groupe, interdit, demeurait immobile, chacun parcourant des yeux l'immensité de l'océan, les hommes d'équipage se précipitèrent en avant, prenant au collet les hommes, les femmes, les enfants et les poussant vers le bastingage. Monsieur Saint-Aubin dit encore :
– Mais nous ne savons pas nager...

– Vite, vite..., commanda Jean-Claude.

Et la mer roula ces déshérités dans son suaire.

Elle para leur corps d'algues, ouvragées comme des fleurs, suspendit à leurs oreilles des boucles d'oreilles de varech. Elle chanta de sa voix suave pour calmer les terreurs des enfants, de Rose-Aimée et de Lisa, et, les yeux fermés, ils glissèrent tous dans l'autre monde. Car la mort n'est pas une fin. Elle ouvre sur un au-delà où il n'est ni pauvres ni riches, ni ignorants ni instruits, ni Noirs, ni mulâtres, ni Blancs...

Cet ouvrage est paru précédemment
dans la collection *Envol*
de Bayard Poche
sous le titre
Haïti chérie.

Dans la même collection

Copie double
de Marie Desplechin

Samia la rebelle
de Paula Jacques

Un tueur à ma porte
d'Irina Drozd

La peur de ma vie
de Marie-Aude Murail

Ce n'est pas de ton âge !
de Brigitte Smadja

Moi, le zoulou
de Marie-Aude Murail

Le garçon qui se taisait
d'Irina Drozd

Maldonada
de Florence Reynaud

Devenez populaire en cinq leçons
de Marie-Aude Murail

Le défi de Serge T.
de Marie-Aude Murail

Écoute-moi !
de Régine Detambel

Mon grand petit frère
de Brigitte Peskine

Coup de foudre
de Laurence Gillot

Un cadeau d'enfer
de Hubert Ben Kemoun

Reste avec moi
de Christian de Montella

Je l'aime, un peu, beaucoup
de Christian Grenier

Rêves amers
de Maryse Condé

Les confidences d'Ottilia
de Marie Desplechin

La nuit de l'évasion
de René Frégni

La momie décapitée
de Michel Amelin

BOUQU

10-15 ans

UN ROMAN
DE GÉRARD
MONCOMBLE

LE SECRET DERRIÈRE LA PORTE

Une porte
her une autre !

DOSSIER
LITTÉRAIRE

Le roman
de la momie
Théophile
Gautier

Imprimerie Hérissey - 27000 Évreux
N° d'éditeur : 7006 - N° d'imprimeur : 90923